LATA de SAL

Zoraida Zaro
Breve Gatopedia Ilustrada

ISBN: 978-84-944698-6-2
Depósito legal: M-6705-2016
Impreso en España

En las páginas interiores se ha usado papel offset de 160 g
y se ha encuadernado en cartoné plastificado mate,
en papel de 150 g sobre cartón de 2,5 mm.
El texto se ha escrito en Eames Century Modern.
Sus dimensiones son 210 × 297 mm.

Y gracias a Logan y a Chasis sabemos que el saber gatuno sí ocupa lugar.
El de nuestro corazón.

breve
GATOPEDIA
ilustrada

ZORAIDA ZARO

LATADeSAL
Gatos

EL GATÓN DE BIBLIOTECA

Insiste el señor Tejuelo (nieto y abuelo de bibliotecarios, respetado miembro de la comunidad, amigo de sus amigos y despistada molestia de sus enemigos) en hablar de la existencia del misterioso Gatón de Biblioteca, mucho menos conocido que su homólogo roedor y, en teoría, responsable directo de los matojos de pelo que ruedan por las baldas más altas de las estanterías, entre los tratados de física cuántica y las tesis de zoología descriptiva.

Convive pacíficamente con el Ratón de Biblioteca, porque sus intereses alimenticios son puramente literarios y parece ser de la opinión de que el ratón, pese a ser sonoro, es tipográficamente pobre. Conoce la teoría del elegante caminar de los felinos de la sabana, la agilidad de los felinos selváticos y el hieratismo de los felinos egipcios, pero prefiere, con mucho, adoptar la postura de rosco invertido en cualquier estante, cuidando de que sus cuartos traseros reciban convenientes rayos solares al mismo tiempo que proyectan sombra sobre el libro que esté leyendo en ese momento, en un complicado ejercicio de contorsionismo bibliófilo que realiza sin aparente esfuerzo.

EL M.I.A.U.

Todos los gatos nacen con un carnet del M.I.A.U. (Movimiento de Intercambio Astronómico Universal). Están muy orgullosos de ello y no es para menos, por eso cada vez que se acuerdan lo proclaman a los cuatro vientos y todo son gritos de «miau, miau, que viva el M.I.A.U.».

El carnet del M.I.A.U. les da derecho por nacimiento gatuno a unas cuantas estrellas pequeñas. Cuando la curiosidad les vence, se ponen en contacto con otro miembro y realizan un intercambio para ver cómo son las de los demás. Las reglas son simples: pueden jugar con ellas, pero no mordisquearlas, y hay que devolverlas antes de que se haga de día.

Para disfrutar de sus estrellas, los gatos llevan a cabo misteriosos trámites que solo ellos conocen. Probablemente haya alguna relación con esos momentos en los que miran absortos el cielo nocturno mientras emiten largos ronroneos en voz baja. Pero lo que es seguro es que sus demandas siempre son atendidas, unas cuantas noches más tarde.

Las estrellas no llegan por correo, ellas mismas encuentran su propio camino para reunirse con sus gatos. Los gatos, por su parte, en cuanto se quedan solos se dedican a abrir las ventanas, las trampillas, los armarios y hasta la taza del váter; cualquier sitio es bueno para que entren las estrellas. En invierno las peticiones crecen, porque las estrellas dan un calorcito estupendo, como todas las cosas pequeñas.

De vez en cuando ocurre algo extraordinario. Se juntan varios socios y hacen una reserva colectiva. Si alcanzan el número estipulado, se reservan la Luna para ellos solitos durante unas cuantas horas. Y a eso se le llama 'eclipse'.

LOS PECES GATO

El tema de conversación favorito de los perros lobo de mar son los peces gato, esos felinos sirénidos de naturaleza esquiva con clara predilección por las aguas cálidas que disfrutan mordisqueando medusas y provocando desbandadas súbitas entre los bancos de atunes, y que son responsables directos de las tablas de madera arañadas que a veces se encuentran en las orillas de las playas.

El mejor método de avistamiento consiste en arrojar un ovillo de lana atado a una caña de pescar mientras se dice, no muy alto, «bsbsbs», preferiblemente en un día cálido a la hora de la siesta.

EL GATILLO

La frase «¡Alto, o aprieto el gatillo!», que es un clásico de las películas del Oeste, no siempre se refirió a lo mismo. Antes de que se inventasen las armas de fuego, las personas ya conocían el poder de persuasión de los gatillos originales, que no eran otra cosa que los gatitos más pequeños y revoltosos de las camadas.

El gatillo es diminuto, pero su tamaño contrasta con su naturaleza explosiva. Apretar un gatillo (suavemente en la tripa, o con un ligero pellizco en la cola) suele tener como consecuencia que salga disparado y que se lleve por delante como mínimo un jarrón de la abuela, dos fotos enmarcadas y un número de objetos frágiles francamente variable. Es imposible tener buena puntería apretando un gatillo, porque su trayectoria es totalmente imprevisible (aunque con toda certeza, si hay algo que pueda romperse, acabará roto).

Apretar un gatillo es algo que realmente es mejor no hacer. Por eso, la frase de advertencia «Alto, o lo aprieto», normalmente funcionaba bien.

Con la edad, los gatillos suelen volverse bastante más lentos y atascarse, aunque algunos conservan parte de su fogosidad y se disparan solos.

EL GATO DE SCHRÖDINGER

El señor Schrödinger era un físico austríaco que tenía un apellido complicado, un gato y una enorme facilidad para el despiste.

Su tendencia a no saber dónde dejaba las llaves le había llevado a desarrollar la curiosa teoría de que lo que perdía estaba y no estaba al mismo tiempo, siempre que no se pusiese a buscarlo. Mientras no buscase las llaves, podía ser que las llevase encima sin darse cuenta, lo que siempre era mejor que haberlas perdido. A esto de que algo estuviese y no estuviese simultáneamente lo llamaba Superposición de Estados y se quedaba tan tranquilo, aunque la mitad de los días acababa entrando en su casa por la ventana, porque a saber en qué dimensión estaban las llaves.

El señor Schrödinger se quedó blanco el día en el que al entrar en su estudio por la chimenea (le gustaba variar) descubrió que alguien había abierto a zarpazos las cajas donde guardaba sus experimentos peligrosos y, sospechosamente, no había rastro de su gato. ¿Y si le había pasado algo a su minino dentro de una de esas cajas? No, no quería ni mirar. Según su teoría, mientras no mirase en las cajas, su gato estaba bien y mal al mismo tiempo, así que abrió una lata de atún.

El Gato de Schrödinger salió de la caja de un salto y le demostró así a su dueño una nueva Superposición de Estados: el señor Schrödinger estaba feliz y enfadado a partes iguales. Mientras acariciaba el lomo del felino, le echó una buena regañina científica sobre el disgusto que se había llevado al pensar que estaba vivo y muerto al mismo tiempo dentro de la caja.

Al gato todo aquello le daba bastante igual porque se encontraba plenamente satisfecho con la lata de atún y con un juguete que tenía dentro de la caja de experimentos peligrosos, entre todos los cachivaches: el estupendo juego de llaves del señor Schrödinger, que hacía un ruido fenomenal al empujarlo con las patas por toda la casa, y que a día de hoy el señor Schrödinger debe de seguir buscando en todas las dimensiones posibles, aunque ya no le haga ninguna falta.

EL GATO ENCERRADO

La mala fama del Gato Encerrado se debe a que se le ve muy poco.

En realidad es un felino culto de gustos sencillos que en su casa de campo disfruta del canto de los pájaros y de los cambios de colores que acompañan cada estación. Ni siquiera vive encerrado, pero como visita poco la ciudad, se ha ganado la reputación de raro e incluso de ser poco de fiar.

Esto último es del todo falso, y así lo aseguran sus muchos amigos, a quienes nadie se ha tomado la molestia de preguntar: los peces del río a los que saluda por la mañana cuando va a remojarse los bigotes en las frías aguas, las ardillas con las que juega a mediodía mientras busca tomillo y los petirrojos que anidan en el tejado de su casa, con quienes suele compartir y comentar la puesta de sol, cada uno en su idioma. Cualquiera de ellos podría decirte que nunca conoció a nadie de más confianza que al gato que algunos llaman 'Encerrado'.

EL GATO HIDRÁULICO

Aunque hay alguna rara excepción, a la mayoría de los gatos no les gusta el agua más allá de la que se encuentra en su bebedero, la que gotea musicalmente desde el grifo del bidé o la que contemplan caer del cielo en forma de lluvia a través de una ventana.

De entre los menos aficionados a este líquido incoloro, destaca el Gato Hidráulico. Este gato, en apariencia normal, muestra una gran fuerza de resistencia ante bañeras, piscinas o cubos llenos de agua. Si en algún momento toca el líquido, la fuerza que despliega en sentido contrario al agua, sumada a la rapidez de sus patas en movimiento de huida, hacen que el Gato Hidráulico pueda correr sobre la superficie sin hundirse, y desafiar así la ley de la gravedad por unos segundos, los justos para ponerse a salvo en tierra firme otra vez. Esto lo convierte en un gato excepcional, aunque todo hay que decirlo, su poder no siempre dura lo que le gustaría y a veces acaba irremediablemente empapado, como cualquier otro gato.

EL GATOMUSO

El Gatomuso es un gato etéreo, incorpóreo, que flota
de aquí para allá y siente especial simpatía por los inventores,
los escritores, los pintores, los matemáticos... en realidad,
por cualquier persona que necesite de inspiración para realizar
su trabajo.

Como es un gato vaporoso, le resulta extremadamente fácil
colarse en los estudios y despachos de la gente para observar
en qué andan cavilando.

El trabajo y la mayor diversión del Gatomuso son la misma cosa:
cuando alguien tiene problemas con lo que está haciendo y no
encuentra una solución, el Gatomuso enreda y desenreda los
hilos de la imaginación de esa persona (que también son vaporosos,
como él) hasta que la idea surge, luminosa, de entre toda la
maraña. Gracias al Gatomuso podemos disfrutar de innumerables
descubrimientos y de obras de arte que sus autores, distraídos
en lo suyo, atribuyen a un golpe de suerte o a una feliz casualidad.

La mejor manera de atraer a un Gatomuso es concentrarse sin
darse por vencido; al Gatomuso le resulta irresistible el sonido
de la imaginación en movimiento.

LA GATERIA

T odo lo que nos rodea está hecho de Materia y los gatos no iban a ser menos, solo que la suya es un poco distinta y se llama 'Gateria'.

Si observamos la Gateria a través de un microscopio, podremos ver que está hecha de otros elementos aún más pequeños: Miauléculas, Gátomos y Partículas Subgatómicas.

El Gátomo, que es muy, pero que muy pequeño, tiene en su centro Gatones, minúsculos gatos gorditos y felices que comparten espacio con los Neutrogatones, que son igual de minúsculos pero tienen la mala costumbre de decir que todo les da igual. Alrededor de ellos corren sin descanso los Electrogatones, que son muy nerviosos y tienen bastante mal genio.

Cuando chocan dos Gátomos, pueden pasar dos cosas: o bien que los Electrogatones de cada Gátomo se bufen y se repelan, con el resultado de que cada Gátomo vaya por su lado, o bien que los Electrogatones de uno de los Gátomos ocupen los huecos que dejan en sus carreras los Electrogatones del otro, por lo que ambos Gátomos acaben uniéndose. Así tenemos una Miaulécula, que es una manada de Gátomos.

Cuantas más Miauléculas haya, más Gateria tendremos, lo que nos da un estupendo gato como resultado.

EL GATERRIZAJE

Cuando un gato cae, está perfectamente diseñado para gaterrizar, o lo que es lo mismo, caer de pie. Esto ha fascinado durante largo tiempo a los estudiantes de Física, especialmente a aquellos que desayunan tostadas con mantequilla y ven como siempre que se les caen, estas acaban tocando el suelo por el lado untado. Os advertimos de que atar una tostada a un gato para evitar que caiga por el lado de la mantequilla no es buena idea, ya que se os llenará de pelos igualmente.

Los gaterrizajes más espectaculares son los planeados. Por ejemplo, en una mesa despejada sobre la que haya un sándwich de atún, las probabilidades de un vuelo programado seguido de un fabuloso gaterrizaje, son altísimas. Y las de quedarnos sin almuerzo, también.

Cuando el gato realiza un gaterrizaje de emergencia, suele poner la sirena (un maullido largo vale como un «socorro», dos maullidos cortos valen como un «¡pero bueno!») y sacar el tren de gaterrizaje (las uñas) para quedarse clavado donde buenamente pueda. Este tipo de gaterrizaje es el favorito de los mininos aficionados a subirse a las estanterías, famosas academias de aprendizaje de escalada y vuelo entre los gatos domésticos.

GATIMATÍAS Y GATOCALIPSIS

El Gatimatías es una situación de desastre doméstico absurdo, desencadenado por uno o más gatos, que suele empezar con algo inofensivo, como jugar con el extremo de papel higiénico que cuelga justo al lado del cubo de fregar medio lleno, a escasa distancia del tendedero plegable repleto de calcetines largos.

Cuando un Gatimatías empieza, le sigue una serie de reacciones en cadena (al cubo de fregar que se vuelca le sigue el tendedero, sobre el tendedero cae el revistero, cuyo contenido se esparce hasta el comedor, donde hay una impresora en marcha...) que solo se detiene con el ruido de llaves del humano que entra en casa. Un Gatimatías suele dejar un panorama no desolador, pero sí indescifrable para las personas, del que el gato suele salir ileso (y muy entretenido).

Si el Gatimatías se desarrolla fuera de la vista de los humanos, el Gatocalipsis, que es su evolución, siempre tiene lugar con personas delante. 'Gatocalipsis' es una palabra grecolatina (del latín *cattus,* 'gato' y del griego *apokálypsi,* 'revelación') que hace referencia al momento en el que el gato se da cuenta de que ha llegado la hora de comer y su plato sigue vacío, de que hay una cortina nueva colgada, de que le estamos llevando al veterinario o de que hay una maceta que, decididamente, no debería estar ahí.

Cuando un gato tiene una de estas revelaciones (o cualquier otra), suele tomar medidas al instante: demostrar que la maceta queda mejor en el suelo con un movimiento de cola, poner a prueba la calidad de la cortina con sus garras (que cinco minutos antes solo eran uñitas), bufar e inflarse como un pez globo, demostrar que puede maullar durante media hora seguida en muchos tonos distintos, rascar el cajón de arena hasta que todo su contenido se haya quedado fuera y un largo etcétera que depende de cada gato, pero que suele ser muy variado, porque son animales con recursos.

El Gatocalipsis no se anuncia con trompetas gatunas, sino con un ruidito de motor, parecido a un ronroneo, pero más grave, que avisa de la inminencia del suceso.

EL GATO DE TRES PIES

A las personas aficionadas a los refranes les gusta decir de vez en cuando que no hay que buscarle tres pies al gato. También dicen que no hay que buscar las cosquillas y que no hay que buscar agujas en los pajares. En general, se trata de gente de poco buscar.

No se trata tanto de buscar, sino de observar: si sois un poco curiosos y os paráis a mirar con detenimiento a vuestro alrededor, podéis encontrar (¡así, sin buscarlas!) cosas sorprendentes y pequeñas maravillas, como el Gato de Tres Pies.

En efecto, este enigmático felino existe y es un enamorado de las adivinanzas, los acertijos y los juegos de lógica. Se divierte enormemente andando de manera que simula tener cuatro pies y pasando desapercibido entre quienes niegan su existencia. Uno de sus lugares favoritos, donde resulta fácil encontrarlo, es cualquier jardín trazado con forma de laberinto, en el que disfruta confundiendo a los caminantes, haciendo que le sigan, para desaparecer de golpe detrás de cualquier seto. También se le puede ver al atardecer en las encrucijadas de callejuelas y callejones de barrios viejos, guiñando un ojo a quien se para a mirarlo.

EL GATO POR LIEBRE

Los gatos silvestres o monteses que viven en libertad en los bosques son felinos muy ingeniosos, acostumbrados a tener que apañárselas, especialmente en los meses duros de invierno cuando la comida escasea.

Uno de los trucos más famosos de estos gatos consiste en colarse en las granjas haciéndose pasar por liebres. Para esto eligen al más joven de la colonia, que después de practicar saltos durante meses, enrosca su cola hasta que parece un pompón. El disfraz se completa con un buen puñado de hierba gatera en la boca para masticar conejilmente con cara de despiste y con unas largas orejas falsas hechas de pelo gatuno. Después de ensayar unas cuantas veces, todos le desean al elegido mucha suerte y al anochecer lo acompañan hasta la valla de la granja, donde el Gato por Liebre da un fenomenal brinco y se une al resto de animales.

Una vez dentro, saltando entre las vacas y los cochinillos y sin dejar de poner mucha cara de conejo, el gato va recogiendo comida cuidadosamente: el almuerzo que se había dejado preparado el granjero para la siguiente jornada, las sobras de estofado que le habían puesto en el plato al perro pastor, dos ratones distraídos del granero... Y cuando ya no puede llevar más, sale como entró, con un espectacular salto que es celebrado por todos sus compañeros al otro lado.

Cuando al día siguiente el granjero descubre que en el plato de su perro solo hay briznas de hierba gatera y que donde estaba su almuerzo solo hay pelos gatunos, suspira:

—El Gato por Liebre ha vuelto.

EL GATODOCUS

Uno de los grandes olvidados en los libros de historia y los documentales es el Gatodocus, un felino que convivió con los dinosaurios y no tenía nada que envidiarles (quizá podría haber envidiado las alas de los pterodáctilos, pero no nos consta).

Los estudiosos del tema calculan que el Gatodocus pesaba unas tres toneladas y media unos tres metros de altura por seis de longitud sin contar la cola, que era espléndida. Tenía una hilera de robustas espinas a lo largo de su espalda y rabo que le servían para resultar menos apetitoso como presa y para peinarse adecuadamente. Era carnívoro, aunque de vez en cuando mordisqueaba arbustos para equilibrar la dieta. De naturaleza juguetona, le gustaba mucho apoyarse en los árboles altos, como si de alféizares de ventanas se tratase, para tener mejores vistas. Esta costumbre de encaramarse a los troncos ha sobrevivido en los gatos actuales como un reflejo, aunque los de ahora, más pequeños, son incapaces de bajar.

Con el paso de los siglos, el Gatodocus descubrió a los humanos que vivían en cuevas. Este hallazgo le llevó a evolucionar, con lo que su tamaño se redujo. Tanta era la curiosidad que le producían los humanos y tan fuerte el deseo de entrar en sus cuevas, que comenzó a caminar agazapado a todas horas y poco a poco su cuerpo cambió totalmente. Alcanzó el tamaño ideal justo cuando los humanos descubrieron el fuego, y de este modo se aseguró un futuro de inviernos cálidos, a resguardo y en compañía.

LA GATOENTERITIS

La mayoría de los gatos son de naturaleza curiosa y la curiosidad suele traducirse en movimiento. Cuando un felino se mueve poco, atención: podría sufrir Gatoenteritis.

La Gatoenteritis es un curioso síndrome que afecta a los mininos exclusivamente caseros y se traduce en la falta de cicatrices causadas por aventuras, de anécdotas que pueda contar a sus nietos y en el ansia de conservar las siete vidas intactas. También se le conoce como el Síndrome del Gato Jarrón.

Cuando un gato se niega a correr, saltar, jugar o ir más allá de la distancia que separa el sofá de la cocina, está sufriendo un ataque de Gatoenteritis. Lo mejor que podemos hacer en estos casos es recordarle cómo rebota una pelota, el sonido que hace un periódico al arrugarse o lo misteriosa que puede resultar una caja de cartón. En resumen, para curar una Gatoenteritis, tú mismo has de convertirte en gato por un rato, que es una de las cosas más entretenidas que se puede ser.

LOS GATOS PARDOS

De noche todos los gatos son pardos, lo que supone una gran ventaja cuando uno no quiere saludar a otro, porque puede escudarse en la confusión sin quedar mal con nadie.

—Anoche le pregunté a usted por esa sardina a la que prometió invitarme y no me dijo ni M.I.A.U. —le dice muy serio un gato gris a uno naranja por la mañana en la plaza del mercado.

—Ah, pero es que seguramente se confundió. De noche, ya sabe lo que pasa... —contesta despreocupado el gato naranja mientras esconde cuidadosamente las sobras que le ha dado la pescadera del puesto de la esquina.

Y así.

A los gatos negros, que están un poco cansados de la tontería de que dan mala suerte, les parece estupendo poder igualarse por unas horas con los gatos blancos. Los gatos blancos, que están hartos de que enseguida se les noten las manchas, también están a favor. A los grises, los naranjas y los rayados les divierte cambiar por un rato. En general, todos contentos.

Como contrapartida, de noche todos los patos son gardos, pero ese es otro tema.